MAGASIN DES PETITS ENFANTS

LES BONS PARENTS

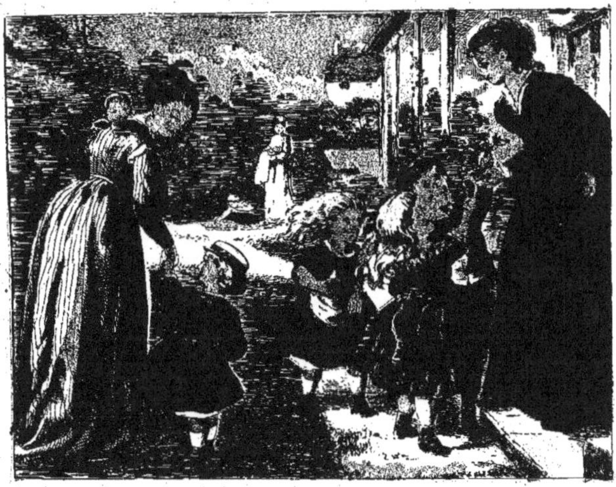

PARIS:
LIBRAIRIE HACHETTE & Cie. BOULEVARD St. GERMAIN, No. 79.

LES

BONS PARENTS

HISTORIETTE

ILLUSTRÉE DE SIX GRAVURES COLORIÉES

PAR H. F.

PARIS

LIBRAIRIE HACHETTE ET Cᵉ

79, BOULEVARD SAINT-GERMAIN, 79,

1885

LES BONS PARENTS

Voyons, mes petits amis, est-ce que tous les parents ne sont pas bons? Certainement ils le sont tous, quand ils ont de bons petits enfants. Comment voulez-vous que votre papa ou votre maman vous embrasse ou vous donne quelques récompenses quand vous leur désobéissez, quand vous revenez avec une robe ou une blouse toute sale, quand vous vous êtes battus, ou que vous avez cassé quelque chose de précieux? Évidemment ils sont fâchés, ils vous punissent, et vous dites qu'ils sont méchants, parce que vous n'êtes pas gentils vous-mêmes.

Dans l'histoire que je vais vous raconter. tout le monde est bon, les enfants sont charmants, et vous verrez combien l'on gagne à ne rien faire qui ne soit bien.

Cette dame en robe violette qui a l'air si douce et si bonne, c'est la mère de tous les enfants que vous apercevez sur la gravure.

Arthur, Édith et Marguerite sont allés dans le jardin; chacun d'eux a cueilli une fleur, et ils viennent l'offrir à leur maman, qui les en remercie. Léon est à la main d'Anna, sa bonne, qui porte Edmond, gros bébé à la mine réjouie, et dans le fond vous remarquez Maria, la nourrice, qui endort la petite Blanche dans ses bras.

Juliette joue au sable, et elle s'amuse beaucoup à faire des pâtés de toutes les grosseurs et de toutes les formes.

Comme cette scène est charmante et comme ces enfants sont heureux d'avoir de bons parents, d'habiter cette belle campagne et de s'ébattre en liberté !

UNE RÉCRÉATION EN CHAMBRE

Quand il fait beau temps, toute la petite famille court dans le jardin et dans les allées du parc; mais lorsqu'il pleut, il faut rentrer et chercher dans la maison d'autres amusements.

Vous voyez ici nos petits garçons et nos petites filles dans la chambre qui leur est destinée. Arthur a fait venir de jeunes camarades, et Dieu sait le bruit qu'ils font! Deux d'entre eux, montés sur un cheval de bois, frappent à tour de rôle le pauvre coursier qui fort heureusement ne ressent pas leurs coups.

Pendant ce temps-là, Léon s'amuse avec un ballon rempli de gaz qui s'enlève jusqu'au plafond, et d'autres petits garçons jouent à la balle sur le plancher. Les petites filles font moins de bruit, quoiqu'elles ne se privent pas de parler; vous savez en effet que les petites demoiselles sont très-bavardes et qu'elles trouvent toujours mille choses à dire.

Juliette fait admirer à sa bonne une belle poupée assez drôlement coiffée, qu'on lui a donnée le matin même; et Marguerite est très-occupée avec Édith à habiller une autre poupée, qui n'est pas moins belle que celle de Juliette et qui doit avoir l'honneur de se promener en calèche avec sa petite maman, si elle est bien sage et bien obéissante. On lui a fait un beau chapeau vert avec des plumes, et vous voyez que sa robe est dans le dernier goût.

LA BOUTIQUE DE MADAME BEAUJOUET

Il y a là une boutique qui a le don d'attirer la curiosité des enfants, c'est celle de madame Beaujouet, qui possède une collection complète et merveilleuse de tout ce qui peut plaire à la jeunesse. On y voit des ballons, des cors de chasse, tout ce qu'il faut pour jouer au croquet, des moulins à vent, des raquettes, des sucres d'orge, des polichinelles, des boîtes à ouvrage, des fusils et mille autres jolies choses. — Madame Marival achète une belle boîte à ouvrage pour Marguerite, parce qu'elle est si sage et si laborieuse qu'elle préfère sa broderie ou sa couture à toutes espèces de jeux. Juliette jette un œil d'envie sur le polichinelle que sa mère avait donné à Léon. « J'en voudrais un aussi, dit-elle à sa maman. — Mais les polichinelles ne conviennent pas aux petites

filles, lui répond madame Marival : tu auras une belle poupée. »
Quant à Arthur, qui est un joueur de ballon intrépide, il choisit une
grande batte en bois avec laquelle il se propose de gagner plus
d'une partie.

LES JEUX A BOISJOLI

Le beau temps a reparu. C'est aujourd'hui grande fête à Boisjoli (c'est ainsi que l'on nomme la maison de campagne de la famille Marival). Les petites filles ont invité leurs jeunes amies, et vous voyez qu'il ne leur en manque pas ; les petits garçons, de leur côté, ont réuni leurs camarades, et la journée se passe de la manière la plus agréable. Tandis que les grandes demoiselles organisent une partie de croquet près de la maison, et que chacune d'elles, armée de son long marteau de bois, frappe la boule et tâche de la faire passer à travers les arceaux plantés en terre, madame Marival, en bonne petite mère, se met à la tête d'une ronde où vous distinguerez sept ou huit charmantes jeunes filles ; — toutes chantent en chœur :

Sur le pont
D'Avignon,
L'on y danse, l'on y danse;
Sur le pont
D'Avignon,
Tout le monde y danse en rond.

M. Marival, de son côté, a autour de lui une trentaine d'enfants qui sont bien intrigués de ce qu'il tient à la main. « Qu'y a-t-il donc dans ce petit sac ? demandent-ils tous à la fois. — Ah ! ah ! vous voudriez bien le savoir. Eh bien ! ce sont des sucres d'orge, des dragées et de petits gâteaux que je donnerai à celle qui aura atteint la première ce gros chêne que vous apercevez là-bas. » Voilà nos petites filles qui se mettent en ligne, et je sais que la petite blondinette que vous voyez avec sa robe rouge et sa jupe blanche a devancé toutes les autres et qu'elle a gagné le sac de bonbons dont elle a fait, du reste, part à ses petites amies avec beaucoup de générosité. Pendant ce temps, Arthur, Léon et leurs camarades s'amusent avec un gros ballon rouge, l'oncle Toby préside au jeu de la balançoire, toute cette jeunesse s'amuse avec un entrain qui réjouit nos bons parents, et la gaieté est à son comble quand on annonce que, pour compléter dignement la journée, on va faire un tour à la ville, où l'on achètera de beaux joujoux.

LA VISITE A BONNE MAMAN

Mais votre grand'mère, que vous appelez tous bonne maman, ne fait-elle pas aussi partie de bons parents ? Ah ! bien certainement, n'est-ce pas, elle qui gâte ses petits-enfants, qui leur donne mille petites douceurs, qui les console quand ils ont du chagrin, qui plaide leur cause auprès du papa et de la maman quand ils ont fait quelque faute, et cela arrive assez souvent ? Aussi combien on l'aime ! Dans la famille Marival, surtout, les enfants adorent leur bonne maman Daucourt, et chaque matin, dès qu'ils sont levés et qu'ils ont bien fait leur toilette, ils ne manquent pas d'aller lui dire bonjour. Vous voyez cette excellente dame tenant dans ses mains celles de Juliette. Comme elle regarde ses petits-enfants avec tendresse ! « Avez-vous bien dormi, mes petits amis ? leur dit-elle ; alors, soyez bien gentils aujourd'hui, amusez-vous, mais soyez aussi bien laborieux et bien obéissant; je vous ai préparé quelque chose de bon pour votre goûter, vous viendrez à quatre heures, et je vous le donnerai. »

Je suis persuadé, mes chers petits lecteurs, que les choses se passent à peu près de la même manière dans vos familles, et que tous vous remerciez le ciel de vous avoir donné de *bons parents*.

FIN

BOURLOTON. — Imprimeries réunies D.

LIBRAIRIE HACHETTE ET CᴵᴱE

BOULEVARD SAINT GERMAIN, Nº. 79 PARIS.

MAGASIN DES PETITS ENFANTS

Nouvelle collection de contes avec un texte imprimé en gros caractères et de nombreuses illustrations en chromolithographie.

PREMIÈRE SÉRIE.
Format Petit in-4°, à 2 fr.

DEUXIÈME SÉRIE.
Format in-8°, à 1 fr.

TROISIÈME SÉRIE.
Format Petit in-4°, à 2 fr.—Albums à Découpures.

www.ingramcontent.com/pod-product-compliance
Lightning Source LLC
Chambersburg PA
CBHW061634180626
46818CB00005B/2377